몽산집

모아드림 기획시선 112

몽산집

정재숙 시집

모아드림

　누가 그만 내려서라고 할까봐 앞만 보고 달리다가 멈
칫 뒤를 돌아다본다. 이리저리 찍힌 발자국들, 다 내 것
이다. 고마운 일이다. 이맘쯤에서 뒤돌아본 게 참 잘한
일인 것 같다.

2008년 2월
정재숙

차 례

시인의 말

제1부
굴러간 시간

제2부

길

제3부
휘청!

제4부

바람 부는 날

제5부

딸들의 꽃

제1부
굴러간 시간

나 말고는 나를 느낄 수 없나

금빛 물고기가 되려나
날마다 검은 머리칼 수북 빠진다
몇 개씩의 비늘이 살 속에
박히는 걸 알게 되었어

아니지, 긴 머리칼 휘날리며
금빛 찬란한 몸뚱이로
헤엄쳐 다니던 꿈대로라면
머리칼 같은 걸로 비늘을 바꿀 필요 없지

발 부르트도록 걸어온 자갈길을 적신
눈물이, 가슴 깊은 바다가 되어 준다면
피멍 든 두 다리 죄처럼 갚아 버리리
새 비늘 번득이며 꼬리를 흔들겠어
먼 바다로 가는 몸짓
나 말고는 어떤 몸짓으로도 나를
나타낼 수 없는 몸짓으로 나는 가겠어

밤 강가에서

　데칼코마니로 흔들리는 휘황한 밤 강물에 마음을 빼앗겼다. 자칫 몸마저 던져주면 그 찬란한 언저리에 내 몸은 또 하나 흔들리며 빛나는 무늬로 찍힐 것 같았지. 내가 볼 수 없게 될 무늬의 한 정점에 희게, 또는 검게, 아니면 푸르게, 붉게 찍힐 그 한 부분을 생각하면, 강가에 선 나는 저 데칼코마니로 지금 빛나고 있는 허상보다 더 깊은 허상.

　밤이 가고 불빛도 지면, 자꾸만 더러워지는 저 강물 위에 도시의 회색 빛 건물들이 흔들리고, 사람들이 버린, 갈 곳 없는 것들이 모두 들어앉아 낄낄거릴 걸. 그러다가 밤이 검은 나래를 물위로 내려놓으면 날마다 더 아름답고 찬란한 데칼코마니로 우리 마음을 빼앗아 흔들겠지. 낮을 지나며 더러워질 대로 더러워진 마음들은 저 찬란한 강가에서 밤마다 세상의 가장 아름다운 순간을 만났노라고 더욱 뜨거운 몸짓으로 흔들리겠지.

속 깊이 더러워진다고 겁내지 마라. 밤의 동굴 속을
흐르는 강물이 우리를 구원하겠지.

돌아서지 못해

상처를 소금으로 문질러야만
쓰리고 아픈 건 아니다.
네 뒷모습은 상처에 뿌려진 소금이다.
내게 뒤돌아 등을 보이지 마라.
휘어진 어깻죽지는
용서를 빌라고 만들어진 제단이다.
나는 착한 짐승, 돌아선 네 등에
다시 용서를 빈다. 내가 먼저
돌아서지 못한 게 죄였다.
짐승의 마음이 어디까지일까만.

날개 상한 새도 다시 날 수 있다

꿈에서도 나는 날지 못한다.
쫓기고 쫓기다 골목 안으로 숨어들면
어깻죽지 슴뻑 붙잡히고 마는.

깊이를 알 수 없는 것들은
나를 절망하게 한다. 길 잃게 한다.
깊이를 알 수 없는 꿈.
꿈을 알 수 없는 깊이들이 서로 엇갈려
스쳐 지나는 나는 내 꿈속을
들여다보고 싶다. 꿈을 들여다보는 나를
꿈꾸고 싶다. 쫓기는 꿈에서 붙잡히지 않고
마음껏 날고 싶다. 그게 꿈밖이라는
꿈을 꿈속에서 꿀 수 있다면
꿈밖으로 날아서 나올 것이다.

너는 저만큼 떨어져서 나를 부르고.

접목

기차가 지나간다.
죽은 자의 하늘같은 밤을 뚫고
살아서 달려간다.

밤은 기차를 타고
밤의 심장을 돌아
살아서 나온다.

살 속 깊이 숨어
모습을 드러내지 않는
나의 혈맥은
단연코 링거병과의 접목을 거부한 채
더러는 스스로 파열하는
항거로 맞서고.

새로운 기차가 또 지나간다.
한없이 살아나서 번식하고 또 번식하는
세포의 바다에 닻을 내리러

기차는 힘차게 달린다.

백기 내걸고 길게 누운 링거병에
언제 내 숨결이 건너가
기지개켜며 물방울로 일어서려는지.

굴러간 시간

방황이 꿈이었던 시절. 이미 멸종된 내 젊음은 여러 해에 걸쳐 길 아닌 길로 내닫기만 했다. 남모르게 앓아야 할 아픔이 병처럼 흔하디 흔한 들풀의 냄새처럼 무수히 많다는 걸 온천지를 헤매면서 맡지 못했다. 굴러가는 시간을 물들이며 돌들이 서로의 살갗을 애처롭게 비비고 어쩌다 불꽃이라도 일어 온 산천을 불태우듯 나도 한 남자의 살갗을 슬프게 비벼대며 쏟아버리지 않으면 썩는 물처럼 젊은 날을 버리고 흘리고 태웠다.

마른 풀들이 키를 낮추며 서걱이는 소리로 머리를 쓰다듬을 때 찾아든 겨울. 젊음의 끝에 대롱거리는 얼음방울들. 끝나가는 사랑도 낮이 짧은 것을 견디지 못할 때 나무들의 관절 푸는 소리가 간간히 들리고, 긴 겨울밤의 문 앞에 앉아 기다리는 일이 시작되었다.

값을 매기는 꿈은

가진 것 보다 더 나타내 보이고 싶어 기를 쓰는 사람들 사이를 홍수가 되어 시뻘겋게 휩쓸고 지나가 본다.

흙탕물 속에서 솟구치는 욕망. 그 위로 물과 만날 때가 가장 두려운 기름방울들이 둥둥 떠다닌다.

혼자만의 부유(浮游)가 결코 자유가 아님을 알아차린다 해도 이미 물속의 물은 될 수 없다.

떠다니는 기름 속의 기름이 되는 길만이 오래 이름을 가질 수 있는 일이다.

팔리기 위한 것이라면 무엇이든 내놓아야 하는 의무 앞에 이제는 보이지 않는 것을 내놓아야 할 때다.

부유를 끝내고 바닥에 가라앉은 기름방울에 어른거리는 무지개나 마리 앙뜨와네뜨의 세상 모르는 과자가 바스라지는 꿈이라도 값으로 매겨야 한다.

제 정신 돌아온 어느 날, 가을을 묻기 위해 찾아간 산사의 금강문(金剛門) 앞에서 떡을 사 먹었다.

참으로 오랜 꿈에서 깨어난 듯 배는 부르고

아무것도 아쉬운 것이 없었다.

대합실

사지에 쥐가 내린다. 꿈을 피해 숨은 잠 속에서 탈출하지 못하고 고함지른다. 프로이드도 기막힌 꿈속에서 나오지 못한다.

천정에서 돌아가는 선풍기처럼 잠시도 가만히 있지 못하고 우글거리는 대합실의 사람들. 그 많은 사람들이 늘 대합실에서 우글거리며 만났다든가 캄캄한 세상 뒷골목 밤길에서 스쳐 지나가게 된다든가에 대해 알 수 있는 사람은 꿈속에도 없다.

– 달아나는 꿈속에서 가장 거추장스러운 건 매달려도 매달려도 툭툭 부러진 가지처럼 떨어지는 두 팔이다. 도망쳐도 꼼짝도 하지 않는 두 다리다. 악을 써도 소리 안 나는 목구멍이다.–

너의 잠과 나의 잠은 다르다. 그러나 너의 꿈이 나의 잠 속으로 들어와도 좋고 나의 잠이 너의 꿈속으로 들어가도 좋을 것 같다. 나의 잠 속에 있는 너의 꿈과 꿈속에 있는 나의 잠은 같은 통로를 걸어 나올 게다.

이미 내 꿈속으로 들어와 버린 또 다른 이들은 자기
꿈으로 돌아갈 길을 잊어버리지나 않았는지.

　　대합실에 불이 꺼져 있다.

　　잠을 피해 꿈속으로 도망가는 길.

흰 광목을 생각하며

부욱 부욱, 가슴속까지 서늘하다.

제 마음대로 자리한 괴상한 마음들이 좍좍 찢겨진다. 저 소리

누런 광목천 찢어대며 내는 소리다. 아픔도 없이 기억의 회로에서 튀어나온,

누런, 누런 숭늉 빛 같은 광목천 소리, 내가 아프다.

온통 광목천으로 휘감긴 질빵 위 상여를 메고 떠나는 흰옷 입은 남정네들. 바람에 너풀대는 꽃상여의 빨갛고, 노랗고, 하얀 꽃들. 사람이 묻히러 가는 게 아니고 꽃이 묻히러 가는 줄 알았던. 그렇게 사람 하나 보내고 난 마을, 장정들의 집집마다 빨랫줄에선 하얗게, 하얗게 잊혀져 가는 광목천이 눈부시게 펄럭이고 옥양목보다 더 하얗게 바랜 새 광목옷을 입은 남정네들은 다시 밭 갈고 논 갈고, 자식농사까지 잘도 지었지. 죽음을 건네고 온 광목옷보다 더 질기게, 질기게.

질긴 것들은 찢어지며 치유의 부싯돌에 탁탁 불꽃을 튕긴다.

활활 보이지 않는 마음이 타 들어간다.

마지막 지글지글 뜨겁던 한낮 강변 자갈밭에 흰 머리카락 길게도 드러눕던 광목천. 그 한 폭으로 펄럭이는 것 보인다.

오늘, 저 긴 한 소리 듣고, 사라졌던 것 다 깃발이 되어 희게 붉게 펄럭이는 것 본다.

나무를 안다고?

내가 나무로 선다면, 산의 겨드랑이 같은 곳에 겨우 한 목숨 뿌리내리고 서서 골짜기로 내려오는 세찬 바람에 귀싸대기나 두들겨 맞고, 입었던 옷 다 빼앗기고, 벌거벗고, 아랫도리 맨살 실핏줄 흠뻑 터지게 서 있어도. 나무가 뭣인가 생각도 못할 텐데.

나무를 안다고?

꿀밤묵, 꿀밤범벅이라도 배 터지게, 한 번만이라도 배 터지게 먹어 보고 싶었던 그 때. 그것만 알아도 사람답다 할 것을 '상수리나무, 굴참나무, 졸참나무, 갈참나무, 떡갈나무, 신갈나무, 떡신갈나무, 갈굴참나무……' 그게 다 참나무다. 아는 척 주워섬겨 놓고, 정작 숲에 서면 어정쩡 눈멀어. '다 꿀밤나무다. 꿀밤나무면 되었다.' 바람 불면 버석버석 바람보다 더 크게 갈비뼈 부딪는 소리를 내며 울 줄 아는 꿀밤나무면 되었지. 모질던 세월에 우리들 밥이 되어 주던 설익은 열매 달고 겨울을 견디는 꿀밤나무면 되었지.

내가 사람인데, 바람 불면

단세포 원생동물인가 싶다가

어느 날은 양서류인가 싶다가, 강하게 바람 불면 가끔
정말,

애완동물이라도 되었으면 싶다가.

아! 오늘에야 겨우 꿀밤나무 밑에 사는, 꿀밤 한 알에
배부른 한 마리 다람쥐이고 싶어지네.

환상 그리고 꽃

아무리 뾰족해도 제 가시에 찔린 일 없는 흰 꽃들이
날마다 제 속살에 찔려 선연한 피 쏟으며 추는 붉은
춤
그 아슬아슬한 속삭임 그대는 들어 보았는가.

간질간질 작고 하얀 이 내보이며 웃는 아가들의 조그
마한 입,
꼬물꼬물 손가락으로 콕콕 찍어내는 새하얀 물감.
환히 펴 놓고 온전히 바라보기만 하다가
바람의 무게를 이기지 못해 이리저리 몸 뒤척이는 날
꽃들은 더 황홀한 몸짓이 되고, 춤의 절정에서 그제서야
한 송이, 오직 한 송이 꽃으로 떨어져 내리고, 일순,
억겁이 멈춘다.

마음이 마음을 달래는 데 익숙하지 못해 안타까이 눈
물지을 때.
흰 꽃그늘에 몸 숨기면 깊은 잠들겠지. 어둡고 오랜
자궁 속

물고기같이 구부린 유영의 몸짓으로 속삭이며 깊은 잠들겠지.

　오랜 잠 깨우며 흰 꽃 하얗게 물결로 흘러내리면, 흰 꽃그늘에서 해방된 꿈도 같이 찰랑이며 흘러가겠지.

　함께 흘러가 닿을 곳 또다시 꿈꾸며.

여러 가지로 버리기

밀가루보다 더 곱고 하얀 가루가
펼쳐놓은 신문지 글자를 덮고 소복이 쌓인다.
사포로 문지른 발뒤꿈치에서 떨어진 살가루다.
딱딱하고 거칠기만 하던 내, 가장 내 아닌 것 같은
몸의 한 부분이었던 게, 한줌 흰 재와 같구나.
무엇이 바람에 풀풀 흩날리는 뼛가루로 사라지는 느
낌이다.

푸른 바다는 끝자락에 와서 하얗게,
　가루처럼 하얗게 부서지고 다시 돌아서면 푸르게 되
살아나고
　남은 나도 푸른 바다로 넘실거릴라나.

뜬금없이 생각나는 말—그게 왜 지금일까.
돌아오지 못함을 기약하며 먼 길 떠나던 사람
손톱 발톱 깎아놓고 가면
그 손톱 발톱 무덤에 장사지낸다던.
손톱 발톱이 어째 무덤이냐던 어린 마음이,

그것들이 영락없는 사람인 걸 이리 늦게야 알았네.
갈라터진 발뒤꿈치로 보게 되었네.

이제 나는 내게서 아깝지 않게
먼지처럼 풀풀 떠나갈 수 있는 몸 하나 가졌네.
그 몸 내 것이라네.

제2부

길

해지는 길

흔적도 없이 찍힌 세상 발자국들을 보네
갈 곳 없는 영혼처럼 흔들리는 내 청춘은
발자국 하나도 찍지 못하고
떠도는 바람으로 낮게 낮게 흐느끼네

이 길은 내 길이 아니라고, 그렇게
모두 자기 길이 아닌 길을 걸어가네
놓아버린 끈처럼 멀어진 길을
남의 밭 한가운데 들어간 듯 뛰쳐나오고 싶네
한 몸으로 두 길 갈 수 없는 줄 알면서
자꾸만 잃어버린 길 마음에 내며
돌아서고 싶어, 그만 가고 싶어
길 아닌 헛꿈인 양 버리고 싶네
그래도 한 발자국도 어쩔 수 없는
긴 그림자, 슬그머니 거짓말처럼
어둠의 그림자 속으로 사라지겠네.

길이 끝나는 곳에

새 길을 내지 마라

흔적 없이 밟혀 죽는,
저 혼자만 아는 제 목숨
다 어쩌라고

사라진 것들은 길 위에 있었고
생겨나는 것들은 숨은 곳에 있었어

꼭꼭 숨겨두고 싶은 마음 하나
그에게로 가는 길 찾았을 때
사랑은 저 혼자
길이 끝나는 곳으로 달음질쳐
숨고 말았어
내 사랑은 거기 있어
길이 끝나는 그 곳.

길이 내는 길 위에서

젊음처럼 풀풀 떠다니는 꽃씨들,
날개 접을 줄 모르는 새떼들,
반만큼의 가지라도 내려놓고 쉬고 싶은 나무들
봄꿈 같은 사랑, 다 모른 척 눈감고
길은 이제 더 이상 발자국을 만들지 않겠대요.
바퀴를 굴리며 지나가기만 하겠대요.
그림자가 길어지면 코끝이 시큰해지지.

마음, 아래로 내리고 가만히 발 밑 들여다보면, 눈매
선연한 벌레들 가슴에 품고 그것들을 어르느라 어진 어
미의 노래만 부르던 흙길 번들거리는 낯가죽 덮어쓰고
희희낙락 인간들처럼 이제 시커멓고 두꺼운 낯가죽 덮
어쓰고 뻔뻔스럽게 웃기만하고 있네요. 어쩌지요. 손톱
이라도 물어뜯으며 지나야만 할까요.

길

사막에 비가 내리고 있는 동안
나는 사막을 보았고
그는 사슴을 보았어
나는 먼 곳, 눈 닿을 데 없는
먼 곳을 바라보고 있었고
그는 가까운 작은 풀들 사이로
사슴을 본 것이었어

사슴이다 했을 때 이미 나는 사슴이 보이지 않는 곳까
지 와버렸고, 나는 사막이다 소리치지 않고 혼자만 오래
오래 먼 곳을 바라보았어.
　그렇게 가도 가도 바뀌지 않는 먼 사막에 마음을 다
주어 버리고 있었어
　그리운 것들의 이름을 떠올리며 나처럼 속속들이 떨
고 있을 풀잎들, 죽은 것처럼 보이지만 한 번도 죽은 일
없는 푸르죽죽 희부연 풀들이 왜 제 색깔을 내지 못하고
있는지, 언제 잎을 떨구어 썩은 흙이 될 수 있는지 알 수
있는 몸짓 한 번 보여 주지 않는 사막을 비는 알았다 알

았다 어루만지고,

그는 사슴을 보았지만
나는 살아 움직이는 것은 만나지 못했어
여행이 끝날 때쯤 그는 사막을 보고
나는 사슴을 볼 수 있을는지.

길목

지나다니는 길에서는
물속에 잠긴 게 다 내 머리 위의 하늘인 줄 알았지.
잠시 앉았다 날아가는 새야,
가지 끝에 걸린 흰 구름 조각이 어느 세월 꽃이더냐.
쉰여덟 고개 마루 숨이 가빠, 느린 걸음 여기까지에도.

네 비상의 가벼운 몸짓 앞에 내 살찐 걸음이,
짐승처럼 자기 길을 내며 다니는 것조차 부끄럽구나.

팔만 뻗히면 보이는 것 다 손에 잡을 것 같던,
잡힐 것 같아서 잡지 못했던 때도 있었지만
소리 듣기에도 이제 모든 게 너무 멀어
손톱 물어뜯으며 사람의 집으로 가는 길에 서 있다.

꿈길

넌 저쪽으로 가고, 난 이쪽으로 왔어
길로도 가고, 길 아닌 길로도 가고

한참 왔어

그렇게 멀리 걸어가면 서로에게
애달픔 없어질 거라 믿으며
뒤도 안 돌아보고.

끝내 저기 한 점 꽃잎처럼
날아오르는 너. 나도 네게 한 점 꽃잎이니?

꽃그림자 길

물위에 어린 꽃이
꽃보다 더 아름답다고
말하고 싶은데
그는 나보다 먼저
피지 않은 꽃의 향기까지
이미 다 맡아 버린 것 같아

말 못하고 바라만 보는 꽃
날마다 저 혼자 흔들리는 꽃
물위에 어리지 않고도
물을 흔들고 마는 꽃.
어디 물 뿐이랴
하늘까지 흔들고 마는데,
가슴에 피지 않고도
가슴을 쥐고 흔드는 꽃
물결 속에 갇힌 건 꽃이 아니라
그의 가슴까지 닿지 못한
그림자 같은 사랑 아니었나.

그 길 끝에는

눈 가는 데마다 바알간 복사꽃
예쁘다. 예쁘다. 자꾸 예쁘다고
말하면 그 많은 꽃잎
순식간에 자취도 없이 사라질까 두려워
차마 예쁘다 한 번 속삭이지도 못해 보고
숨죽여 바라보다 눈을 감았어.

그는 나를 복사꽃 밭으로 데려 갔어
복사꽃보다 더 곱다며 복사꽃 아래
나를 세워 두고 하늘만 쳐다보다
긴 봄날 하루해 다 보내버렸어.
먼 길 저편으로 복사꽃 같은
하루 해 다 보내 버렸어.

달빛 사랑 길

낮달이 따라오며 묻는다.

저문 마을의 등불처럼 가슴 설레는
사람 하나 품고 가느냐고.

아롱아롱 눈앞에 가득한 접시꽃들
갑자기 울리는 이명, 아득한 떨림.

달은 너무 멀고
일렁이는 꽃은 사랑보다 붉다.
그림자조차 붉다.
아. 저기 있구나. 내 마음,

낮달이 그만 숨을 토해낸다.

길 또 길

사는 거 봄꿈 꾸듯
어지럽다
사는 거 봄꽃 휘날리듯
가슴 멘다
그래도 너랑 같이
봄꿈 꾸듯 살고 싶다
너랑 같이 봄꽃 휘날리듯
가슴미어지고 싶다

울음 길

무릎 끌어안고 쪼그리고 앉아 울고 싶다
세상 구석구석 아직도 울 일은 많이 남아 있어
밤기차가 불빛 가랑가랑한 낯선 자그마한 역을
지날 때도 울어야 하고
돌 틈에 핀 그림자조차 갖지 못한
작은 꽃 보고도 울어야 하고

구불구불 버리고 온 길이 아까워서 울어야 하고
구름 한 조각 자유로움도 되지 못해 울어야 하고
고개 푹 처박고 따뜻한 볕 한 자락 쬐는
흙벽에 등 대고 쪼그리고 앉아
꼭 한 번만 소리 죽여 흐느껴 울고 싶다

길 무늬

내가 입었던 옷의 무늬를 기억해내려고
눈을 감고 떠난 적이 있었어
개망초 무성한 빈집처럼 나를 남겨 두고
손잡고 같이 떠난 또 다른 나와 속삭이며
멀리까지 걸어가 보았어

물무늬, 빗방울무늬, 아침 안개무늬, 꽃무늬, 나비무
늬, 구름무늬, 가을 나뭇잎무늬, 겨울 별빛무늬, 세월을
스치는 바람무늬, 바다 위로 걸어오는 달빛무늬, 가슴에
와 안기는 저녁노을 무늬.

나를 휘감고 도는 세상의 옷. 그 겉과
안자락에 촘촘한 발자국들.
삶의 껍질이 다 무늬였던 걸
떠난 길이 끝없음을 알고야 보게 되었어
없는 세상도 이름 지어 불러보고
안 봐도 보이는데 있는 것,
내 어머니의 가슴무늬 같은 것,
한 자락 펄럭이는 길 되돌아 왔어.

제3부

휘청!

꿈

그만 내려설래요.
겁 없이 너무 높이 올라왔어요.

놓아야 할 끈을 목숨처럼 움켜잡고
날아오른 날갯짓을 멈출래요.

발밑이 이리 검은빛으로
깊이 모르는 물결처럼 출렁이는 줄
오르는 희열에 혼 빼앗겨
미처 알아채지 못했어요.

이젠 내려앉고 싶어요.
오르면서 가졌던 것 다 물러주고라도
어디 풀냄새 살풋 나고
바람 한 줄기 고요한 곳이면 마다 않고
가만히 내려앉아 눈감고 싶어요.

그 날

꽃 같은 너는,
꽃잎 같은 너는
복사꽃 아래 웃고 있었어.

봄 가면 떨어져 내릴
꽃잎 같은 사랑일 줄
차마 모르고

온 천지에 복사꽃
미친 듯 웃고 있었어.
하늘도 어질어질
사람도 어질어질
허공에 돌다 돌다
바람으로 스러졌어.

해마다 다시 봄,
하늘과 땅에 복사꽃 사태라도
이젠 너 밖에

눈 속에 잡히는 게 없어.
눈물처럼 폭폭 떨어져 내릴
그리움밖에는 아무것도 없어.

오랜 꿈

하얀 꽃 조롱조롱
단추처럼 매달린
때죽나무 한 그루 가지고 싶다.
웃는 게 이런 거라고,
이것이 웃음이라고.

묻고 또 묻다

꼭 반나절만 서럽게 울다 보면
끝날 슬픔 같은 거, 그걸로 나는
평생 찔끔거리며 살아온 건 아닌지요.
어느 만큼 가다 돌아서면
천년을 까무러쳤다 다시 산 것처럼
눈부신 날개를 달 건 아닌지요.

보이지 않는 꿈의 끝자락
그 한 끝을 움켜잡은 손
어둠의 골짜기에서 불어오는 바람이
허리를 휘어잡더라도
더 세게 당겨 주시지 않을 건가요.

그 때 내 몸 여기 있는 것
알 수 있지 않을까요.
나를 볼 수 있지 않을까요.

무릎 썰다

얇게 번져 나오는 피, 피.
아프다, 아프다.

지금 이보다
더 아픈 건 없다.

내 영혼이
손가락 끝에 와 머무는 날.

짐

버려야 할 것들을
아까워한 죄로
내 짐은 날마다 무겁다

번연히 알면서도
내려놓지 못하는 사랑
나까지 짐이었구나.

밤

물이 물을 온몸으로 받아내며
소리 높이 운다.

봄이 봄을 이겨내는 아픔보다
어쩌면 더 깊고 슬플는지.

남을 받아들이는 일
닫힌 문 안에서
캄캄함 견디는 일보다도 더
생살 쪼개지는 아픔이 아닐는지.

밤새도록 고장 난 수도꼭지에서
떨어지는 물은
물 속으로 곤두박질치느라
얼마나 무서울까
온몸으로 떨어져 내리박히는 물을 맞으며
아프다고 울부짖는 물 속의 물은
또 얼마나 두려울까.

잠 못 자고 아파할 것이 있어
나의 밤은 참 다행도 하다.

비 개다

그냥 젖어 있지.

지렁이들 또 길 위로 간다.

흙 속에서도 온전히 흙이 되지 못해

밟히고 짓이겨지고.

지렁이들 끝내 흙이 되는 동안

여름 볕은 활활 타오르는

거룩한 의식, 소 신 공 양.

그 씨알 하나는

아직도 봄꿈에 젖어 있어요.
오랜 시간을 그리 젖어 살았어요.
비안개가 산허리 감싸고 돌 듯 소리 없이요.
길고 허황하고 간데없는 봄꿈 말이에요.

천년의 껍질을 뚫고 싹을 틔운 씨앗이 있대요.
천년 동안 마신 별빛, 달빛, 무지갯빛, 햇빛.
또는 무덤 속 캄캄함.
나고, 가고. 수없이 이어져온
숨결과 눈물과 사랑,
눈빛으로도 다 말할 수 없이
이름 지어지지 못한 것들, 흙 숨어 있던
핏빛가지 죄다 가슴에 품어 단 하루를 피워내는
그런 꽃이라면요. 울지 않고 어찌 바라보겠어요.

길고 허황하고 간데없는 봄꿈 끝에 피는 꽃.
그 씨알 하나 있다면요.

이젠 내 차례다

해가 지려면 한참 멀었다.
밤이 올 때까지 기억해 둘 게 너무 많다.
어제 지나며 보아둔 물속의 새떼들
그 선명한 날갯짓.

빛에 젖지 못하고 세상을 관통하던 사랑,
그대 가슴에 혹시 젖어들지도 몰라
대답 없는 시간들을 바라보다
무한의 빗장을 풀고 물속으로 날아들더니
하늘이 새까맣다.

부글부글 물이 넘친다.
올챙이처럼 부화한 새떼의 힘찬 날갯짓.

이젠 내 차례다.

고요의 끝

새털 나는 소리도 들릴 듯한
적막 한가운데가 세상 속이라면
기다려 달라.

꽃 아닌 것도 꽃이 되고
꿈 아닌 것도 꿈이 될 수 있다고.

눈 깜박이는 소리도 들리는
아득한 그 속삭임 있는 데가
사랑이라면 가게 해 달라.

내 어느 환생의 끝자락에서
하얀 나비로 날아 나와
그러하노라고, 그러하노라고

아우성으로 춤이나 한바탕,
꽃도 꿈도 마다며 한바탕 춤으로,
아깝지 않게.

휘청!

떨어지는 잎 하나
이마를 툭 때린다
휘청! 마음이 쓰러질 뻔했다
아, 우리
억겁의 마디 여기서
옷깃을 스쳤구나
살아서 만난 건 다
너울너울 흘러가는 물
이리저리 땅위를 휩쓸며
흐르는 저 낙엽들은
누구의 이맛전 때리며
인연을 풀고 흐르는지

제4부

바람 부는 날

흔적

이겨낼 수 있는 아픔은
눈물방울 같은 아름다움이라고
몸으로 말하는 진주 같다

너는 가지고 있는가
무덤 속까지 가져 갈
진주 하나를

흔적 지우기, 덧칠하기

칼날 곤두서다
사랑
가슴 베다
섬뜩
붉은 피 흥건히
아래로
아래로
발끝을 적신다

복사꽃 나무 아래 선
속 붉은 꽃잎처럼
천년이라도
갈 것 같더니

이별 없이 사랑을
어찌 가슴에 품을 수 있으랴
품고 사는 사랑을
어찌 이별이라 할 수 있으랴

또 천년을 기다린다
사랑은 한 잎
복사꽃으로 피기 위해

허기

내 피의 속성이 사랑하는 일인 줄
저무는 노을빛 보고야 알아채다니요.

먹어도 먹어도 허기지는 날들
더 이상 아무것도 먹을 게 없어야
해방될 내 슬픈 배고픔
노을빛보다 더 핏빛입니다.

오늘 저녁, 당신 향해
아무리 주파수를 맞추어도
빨간 불만 고함을 지릅니다.
배가 더 고파집니다.

이제 무얼 먹어야 할까요.
사랑은 해질녘 잠시 붉게 타다 스러지는
허기인 줄 왜 이제껏 몰랐을까요.

틈에 낀 시간을 꺼내고 싶어

내가 달을 쳐다보고 있는 동안
너는 네 발자국을 본뜨고 있지 않았는지.

내가 잠들어 있는 사이 아침이 왔다 가고
마당가에 새들도 울다가 가버리지 않았는지.

허락되지 않은 시간의 바다에 그물을 던지면
깨어진 요행의 조각들만 걸리지나 않을는지.

너 향한 추상명사 짓느라 남은 날들 다 써도
따스한 이름 하나 품을 수 있을는지.

감아도 보이는 너를 사랑했던 기억만으로
모래톱 너머 모래의 목마름으로 살 수 있을는지.

바람도 어디엔가 전해지고 싶다

내가 그리워하는 만큼
당신도 나를 그리워하리라 믿은
눈먼 마음 하나.
어디엔가 전해지고 싶은 바람보다 아프게
떠돌다, 보일 듯 말 듯한 민들레 씨앗.
작은 돌 틈 사이로 옮겨다 놓고
그 발 아래 함께 눕는 숨결이고 싶어.

살아 있는 것 모두 눈뜨는 봄이 와도
눈감고 돌아누운 당신 마음 곁자리,
노란 꽃 한 송이 피어나거든
떠돌던 마음도 머무를 자리에선
그리도 고울 수 있다고 한 번만이라도
바라보아 줘. 더는 전해질 데 없는
그리움 그리 머물게.

날마다 부는 바람은 어디엔가 전해지고 싶은
그리운 마음, 너무나 그리운 마음들.

남쪽에 꽃잎 진 날

.

꽃이 꽃을 버리는 나무 아래 잠시 쉬다.
너와는 상관없이 산 세월이 더 오랜데도

너
의
발
자
국
을
헤는 눈길,

버리지 못한 나를 이끌고 꽃나무 그늘을 떠나다.

봄 바다

언제나 알몸인 바다.
껴안으면 안을수록 달아나는
바람난 여자 같은,
바닥 없는 물결의 밑바닥까지
뒤집어 보이는 몸짓 앞에
모래집만 짓다가 왔다.
봄 바다, 죽이고 싶었다.

천마총 앞 이팝나무

천년 무덤을 돌고 도는데
나와 눈이 마주친 사내
눈빛이 붉어온다
무덤 속 사내도
처음 만난 낯선 여자 앞에서는
때때로 노을빛 불꽃처럼 타오르는
눈길이 흔들리고 있었을까

피 뜨거울수록, 마음 붉을수록 하얗게
이팝나무 무덤 앞에서 눈부시다
오월 아침

고개 들면 저만치 멀어져 가는
사람 하나, 희디흰 이팝꽃잎으로도 모자라
마음 붙일 데 없는 무덤 속 사내,

열린 무덤 속으로
꽃잎 한 장 팔랑팔랑 날아 들어가
검은 흙자리 유리 위에 얹힌다

바람 부는 날

당신의 창에도
바람이 키득거리며 들여다본다지요
때로는 피나게 할퀴고 지나간다고 했나요

종일을 새처럼 날고도 날개를 접지 않는 바람은
아직 다 못 부른 노래를 마저 불러야 할 거예요
당신의 창을 두드리면서.

당신은 놀란 가슴 쓸어내리며
그의 노래를 들어 주어야 할 거예요
창에 비친 밤 그림자에 멈춰 서지는 마세요
무섭거든 하늘을 보세요.
없는 듯 숨어 깜빡거리는 별을 찾아 보세요
사랑은 그렇게 숨어 바라보는 걸 거예요

바람이 부르는 노래로 갈지, 숨어 있는
별빛으로 갈지, 어쩌면 온몸으로 당신의 창을
부여잡고 흐느끼는 미친 바람으로 가고 싶기도 하고
바라만 보는 작은 눈빛으로 가고 싶기도 해요

바람이 불거든 창이 난 쪽으로 나와 보세요

말하기 말 못하기

복사꽃도 다 지고 없는데
꽃 보러 오라고 널 부르면 와 줄까.
바람 낮게 불기를 기다리는 홀씨들처럼
너를 기다리며 가는 봄날 늦은 한 때
오마는 약속은 없었지만
기다리면 물 위에 떠내려 오는 꽃잎으로
너. 내게 흘러 들 것만 같아.

꿈대로 이루어지지 않는다고
꿈꾸기를 그만두며 살지 않았듯이
네가 오지 않는다고
널 기다리는 일 그만둘 수는 없어.
어쩌면 너를 기다리는 일이 설령
이 지상 마지막 죄가 될지라도.

꽃보다 고운 몸

가면 오지 못하는 게 물 뿐이던가.
지난봄 복사꽃 나무 아래서 부르던 노래도
자취 없는 마음보다 더 아득히
스러진 바람으로 땅 속 깊이 누웠다.

가면 아니 온다고
그러려니 여기는 물결 위에
꽃잎을 따서 던져보지만,
떨어진 꽃잎은 흘러가기도 하지만,

꽃잎으로도 가 닿을 수 없는
그대 마음 안으로 무엇을
띄워 보내야 하나.
무엇으로 떨어져 흘러야 하나.

아슴아슴 가슴 미어지는 꽃
눈물보다 붉은 속잎 감출 길 없어
'아, 봄날은 간다!'

복사꽃 꽃잎보다 먼저 떨어지는 하루,

주고나면 더 줄 게 없어
가슴 타는 복사꽃 붉은 피보다
내가 더 붉게 고운 몸이라고,
꽃보다 더 꽃물 붉은 곱디고운 몸이라고
해마다 다시 툭툭 붉게 피고지고,
붉게 붉게 떨어져 내리고.

그대는 꽃

비 오는 날
꽃 보러 갔다
꽃도 비 맞고
그냥 섰더라

흔들리는 대로 흔들리며
아무렇지도 않게 서 있더라

돌아서 오는 길
걸음마다 밟히는 꽃들

그 꽃잎 위에
떨어지던 비

내 가슴에
떨어지는 것 말고는

세상의 어떤 아픔도
보여주지 않더라

제5부
딸들의 꽃

연

해 진 들녘에서 연을 날린다.
흔들리는 연줄을 잡고 흔들리고 있다.
아직도 팽팽히 힘을 싣고
나를 이리저리 잡아당기는 저 연은
이젠 눈에 잡히지도 않는다.
어둠도 연이 되어 하늘에 연줄을 드리우고
잡아당기고 있는가.

우리 모두 자기가 뿌린 슬픔에 젖어
울고 있는 동안
마주 본 거리의 무게만큼 바람을 일으키며
우리에게서 흔적 없이 멀어지고자 애쓰는
연은
세월의 질긴 덫에 걸린
또 한 세월의 얼굴인 것 같다.

몽산(夢産)집

우리 집 가는 골목 중간쯤
'夢産집(꿈을 낳는 집)'이라 간판을 내건
밥집이 있다. 꿈을 낳는다고?
밥을 먹는 게 꿈을 낳는 일이라고?
어림도 없어 보일 일을
저리 당당하게 내세우다니,
뽀얀 간판이 내 창자를 쥐고 흔든다.
내 꿈을 껴안아 흔들어댄다.
대가리 잘린 내 똥줄이
'꿈, 꿈,' 외치며 몸을 비튼다.

창문에 나붙은 꿈표
보리밥, 칼국수, 수제비, 잔치국수,
파전, 동동주 … 그래, 꿈을 낳을 만도 하겠다.
내 꿈에 딱 맞는 꿈표구나.
겁 없이 먹기만 해도 꿈이 되겠구나.

금강문 앞을 펄럭이며 지나는

잿빛 소매처럼 몽산집을 지나면
사람들이 사는 집, 우리 집이 있다.

구경꾼

앞으로 얼마 동안 그들은 그것에 대하여 마음 아파할
것이다.

하늘 아래 일어나는 일. 그냥 옆에서 손 놓고 보고만
있을 수밖에 없는. 그래서 나는 날려 다니는 먼지만도
못한 먼지.

그것이 왜 까만 아스팔트 길 위로 기어 들어갔을까.
그 집 딸아이가 발을 동동 구르며 "돌아와라! 돌아와
라!" 애타는 외마디소리만 지르지 않았어도, 우리는 지
네 한 마리 차 바퀴에 깔려 흔적 없이 사라지는 일에 넋
놓고, 기가 막혀, 속수무책. 오도 가도 못하고 서서 구경
하는. 그래 구경하는 슬픈 사람 아니어도 되었을 것을.

시간은 지나고, 또 지나고, 다시 사람 다니는 길로 사
람 다니고, 차 다니는 길로 차 다니고,
다시는 차 다니는 길로 기는 벌레 없을 걸 빌고, 그 자
리 떠나고.

뭉턱 산허리 잘라 새로 낸 길. 건너지 못하는 강보다 더 많은 것 삼키고 휜하게 없는 듯 아무 일 없는 듯.

　살아 있어 오늘 아침도 나는 그 길 걷고, 또 날개 달린 방아깨비 한 마리 그길로 날아들어 그렇게 흔적 없이 사라지는 것 혼자 보고, 아침 해 따갑지 않은 겨울이라도 오면 저것들 저 미물들 어서 땅 속에 숨었으면, 어서 겨울이 왔으면 하고 때가 되면 올 겨울. 가당치도 않게 빌고.

딸들의 꽃

그 희고 작은 꽃이
또 희고 작은 꽃의 어미가 되고,
또, 그 희고 작은 꽃이 다시 그 희고
작은 꽃의 어미가 되는 동안,
나도 어미가 되고, 내 딸도 어미가 된다.
다시 내 딸의 딸들이 어미가 되는 동안
희고 작은 작은 꽃들은 너무 예쁘다.
딸들이 '예쁘다'고 말할 줄 안다.

꿈이 시작되면

벗다만 허물처럼
하루치의 죄들이 머리 꼭대기까지 오그라들어
찢겨지고 부서지며 엉겨 붙는다.
질기고도 질긴 연이여,
떨어져 나가거라. 떨어져 나가거라.
어느 맨살 찌르던 나뭇가지에라도 걸려
바람에 삭아, 아니면 달빛에라도 타서
흔적조차 없어져라. 없어져라.

꿈꾸며 날아오를 하늘이 무슨 소용이랴.
죽지만 않으면, 살아있는 게 사는 거지.
신문지라도 덮어쓰고 새우처럼 잠들더라도
잠들 수만 있다면, 때 묻은 죄도 따라
천국보다 먼 천국의 잠 속에 빠져들 텐데.

동해안 부근

온 마을 죄 다 뒤집어쓰고 늙어온 교회당 하나가
저녁햇살 눈부시어 서럽게 울고 있는
산발치의 마을을 지나다.
개소리 컹컹 들리다.
사람들이 못한 이야기가 너무 많아
저 마을의 개들 저리 짖어대는가.
뒷산의 나무들도 움찔 놀라다.
밤바다 바람 센 날, 주인 없는 죄들 다 파도가 씻어
하얀 새로 날려 보내면, 나무들 흔들리는 고해성사다.
바다가 가까이 있는 동네 거기에서는,

일곱 식구의 밤

저마다 마음 치수에 세상을 맞추느라
있는 힘 다 써버리고
등줄기에 비 오듯 쏟아지는 땀
빨래처럼 꼭꼭 쥐어짠 뒤
장작개비 내던져지듯 드러누운 밤
그들이 덮어쓰고 누운 집은
밤과 싸워 이길 수 있을까
여태 싸워본 상대 중 가장 이빨 날카로운 짐승
밤은 있는 대로 입 벌리다가 숨죽이고 있다

천구백구십육년 여름, 나무들이
밤에도 그늘을 만들어내느라 피땀 쏟는 사이
사람들은 꿈꿀 수 있을까
순진한 마음으로 수풀 속에 드러눕는다

아직도 고향 목소리로 울어주는 새가 있어
더러는 새소리 닮은 휘파람도 불어보았겠지만
가을 물로 흐르던 별이 새소리로 똑똑
떨어지기 전에 잠들었지
달게 잠들었지, 캄캄한 눈물을 이겨내면서.

남

수액을 있는 대로 다 빨아올리며
모과나무와 사과나무가
서로 눈 맞추며 서 있다고
기막힌 일 생긴 적 없다
뿌리끼리 얽히고 설켜
남 몰래 몸들을 뒤틀고 있다고
꽃을 바꾸어 피우는 일도 없었다
바다와 하늘이 웅크린 몸들 풀지 않고
해도 낳고 달도 낳아도
해와 달 바꾸어 낳은 일, 어림없다

그런데도 사람들은 쉽게 믿어버린다
한 솥밥 수십 년 같이 먹고 나면
그도 나고 나도 그가 되어 진다고,

헛손질

오늘은 할 일이 없어 그냥 앉아 있었다. 슬쩍 지나는 바람조차 부끄러워 소리 죽여 엎드려 있었다. 숨어있는 살상의 기운을 감지한 파리의 날개짓이 용하기만 해서 가끔 허우적거리며 흔들어 보면 무겁기만 한 팔, 어두운 구석을 생쥐처럼 찾아드는 교활한 무기력의 웃음이 방안 가득하다.

서투른 방법으로 살아온 것도 허물이 된다며 세상 속으로 내몰린 낡은 시간들이 벌떼처럼 달려든다. 찾을 수 없이 바스라진 나에게서 떠나는 기쁨을 언젠가 한 번은 꼭 만날 수 있으리라는 희망 때문에 하혈처럼 쏟아지는 눈물 삼키며 조각 끼워 맞추기로 하루를 쓰기도 했다.

가려운 곳만 피해가며 긁어대는 생존의 헛손질.

우선은 너를 향해 흔드는 깃발로 보이지만 얼마 안 가 내게 돌아와 꽂힐 비수임을 알고 있기에, 날마다 근질근질 새로 돋아나는 송곳니로 꽉 깨물어 산산조각 내고 싶었다.

세상의 헛손질.

주산지에 갇히다

그가 이름을 얻고 한 오백년쯤 뒤
산천의 푸른 물 다 그리로 모인 어느 여름 날
한 남자를 따라나선 풀물 덜 든 여자의
치맛자락이 슬쩍슬쩍 검은 잠자리 날개처럼
못 물 위를 스쳐가던 딱 그 한 순간, 기이
한 인연의 물줄기, 거기 갇혔지. 그 때부터
정해져 있었던 일.

어느 게 질긴 목숨인지 모를 떡버들도
살아서 갇히고, 갇혀서도 새끼 친다면 사랑,
못물 속에서도 숨 막히는 사랑 다시 천년도
겁나지 않겠지.

여자는 풍덩풍덩 몸 대신 돌을 던지고
돌이 갈아 앉는 깊이를 가늠질하다가
남자는 여자의 팔을 낚아챈다.
가슴이 물무늬처럼 출렁대던 여자는
그의 철책 안에 갇히고 드디어,

여자의 날갯죽지를 움켜잡은 남자는
뒤도 안 돌아보고 못을 떠난다.
여자의 날갯죽지에선 잠자리 날개보다
더 고운 꿈이 팔랑거리기 시작한다.

꽃무늬

그 할머니의 블라우스에는 꽃이 참 많이 피어 있었다.
슬쩍 세어본 깃 둘레에 만도 한 마흔 개는 될까.

그 할머니의 꽃무늬 블라우스는 이제 꽃밭이다.
수 천 수 만 송이

할머니 언제 이만큼 활짝 꽃 핀 적 있었을까,

밭이랑 골 진 얼굴에 핀 검버섯마저 눈부시다. 고맙다.

그만 못한 풀 하나

'괭이밥'이란 작은 풀을 보았어요.

키를 낮춰 가만히 풀들의 집을 들여다보면 보이지요.

노란 꽃을 한두 송이 피우고 가늘가늘 흔들리기도 하지요.

심장처럼 생긴 이파리가 세 개씩 한 줄기에 붙어 있는데요.

내 왼쪽 가슴 속에도 한 개의 심장은 있는데요.

괭이밥처럼 자그만 꽃 피우며

없는 듯 가늘가늘 살 수 없는 건 왜일까요.

마음 담을 그릇이 아직 덜 생겨서 그럴까요.

그만 못한 풀 하나.

숨을 곳

'손바닥으로 하늘을 가리지.'

그랬던가.
당신의 촉수가 닿지 않는 곳
숨을 곳이 없었던가.

실눈으로 내려다보는 초승달을 몰래 삼키려다 목에
걸렸어. 세상을 도둑질해 먹으려던 탐욕으로 허상의 옆
구리를 간질이다 말았어. 그 허상의 옆구리를 쪼며 날아
오르는 붉은 눈빛을 보았지. 아무리 높이 날아올라도 새
의 눈빛은 붉게 타오르지.

몸이 죄라서, 몸이 벌이라서, 몸이 환희라서
마음이 죄라서, 마음이 벌이라서, 마음이 환희라서
아니 네 사랑이 죄라서, 벌이라서, 환희라서

손바닥으로 하늘을 가리지.
그러고 싶구나. 그래도 된다면.

깨달음과 초월에의 고해성사

정재숙의 시세계

이태수
(시인)

*

　정재숙의 시는 완만하고 처연한 아름다움을 끌어안고
있다. 삶의 비애와 우수의 그림자들이 어른거리고, 때로는
허무와 절망의 빛깔이 묻어난다. 하지만 그런 외양 속에 낮
고 부드럽지만 은근하고 질긴 꿈의 세계를 부여안고 있으
며, 그 바탕과 뿌리에는 삶에의 외경심, 생명에 대한 사랑
과 연민, 마음 낮추기를 통한 초월의 길 더듬기 등의 미덕
이 자리매김하고 있다.

우리의 전통적이고 근원적인 정서라 할 수 있는 '한(정한)'과 '체념'에 맥을 대면서 끊임없이 자기성찰로 나아가는 모습을 보여주는 그의 시편들은 숙명이나 운명을 헤치며 가는 도정의 신음소리이자 아름다운 노래들이며, 깨달음과 초월을 향한 고해성사로 읽히게 한다.

이 때문에 자신과 세상에 대한 덧없음에의 인식, 허무와 무상감이 허공에서 '흰 광목'처럼 펄럭이다가도 봄날 피어오르는 '복사꽃' 같이 사랑을 더듬어가는 꿈길 위에 아릿하게 나부끼는 모습으로 바뀌어 떠오르기도 한다.

또한 일부 시편들은 '아픔 = 아름다움 = 진주'라는 등식을 만들어 아픔마저도 소중하게 보듬어 안는 우리의 전통적인 부덕이나 여성으로서의 지극하고 애달픈 사랑에 바쳐지고 있으며, 내면을 향해 있던 시선이 외부로 방향을 바꾸면서는 사람과 세상에 대한 연민과 사랑, 넉넉한 휴머니티와 일깨움의 덕목들을 완곡한 목소리로 펼쳐 보인다.

**

맨 앞에 내세운 제1부의 시편들을 먼저 따라가 보자. 시 「나 말고는 나를 느낄 수 없나」의 화자는 '금빛 물고기'를 꿈꾼다. '날마다 검은 머리칼 수북 빠'지면서 '몇 개씩의 비늘이 살 속에 박히'거나 '긴 머리칼 휘날리며 / 금빛 찬란한 몸뚱이로 / 헤엄쳐 다니'는 꿈까지 꾼다. 다분히 자조적인 빛깔을 띠고 있으나 삶을 처연하게 들여다보는 '깨달음의 눈'이 떠올라 있다.

'발 부르트도록 걸어온 돌자갈길을 적신 / 눈물이, 가슴 깊은 바다가 되어 준다면'이라는 단서를 달고 있긴 하지만, 그 비늘들을 '번득이며 꼬리를 흔들겠'다고도 한다. 시인은 그렇게 '착한 짐승'(「돌아서지 못해」)이라 할까, 그런 낮은 자세를 보이고 있다. 또한 때로는 물에 떠도는 '기름 방울'(「대합실」)이 되고, '한 마리 다람쥐'(「나무를 안다고?」)가 되고 싶어 하기도 한다.

하지만 세상을 바라보는 시인의 마음은 한결같이 무겁고 어둡다. 비감과 우수로 얼룩져 있기도 하다. 강가에 서서는 자신을 '저 데칼코마니로 지금 빛나고 있는 허상보다 더 깊은 허상'(「밤 강가에서」)으로 바라보는가 하면,

날마다 더 아름답고 찬란한 데칼코마니로 우리 마음을 빼앗아 흔들고, 낮을 지나며 더러워질 대로 더러워진 마음들은 드디어 저 찬란한 강가에서 밤마다 세상의 가장 아름다운 순간을 만났노라 더욱 뜨거운 몸짓으로 흔들리겠지.

　　　　　　　　　　　　　　　　　　　—「밤 강가에서」 부분

라는 절망감에서도 자유롭지 못하다. 그러면서도 '밤의 동굴을 흐르는 강물이 우리를 구원하겠지'(같은 시)라는 믿음과 밝음에의 지향을 저버리지는 않는다. 뿐 아니라 「상한 새도 다시 날 수 있다」에서는 꿈속에서도 날지 못하며, 쫓기고 쫓기다가 골목 안으로 숨어들면 '어깻죽지 습뼉 붙잡히고' 말게 되나, '꿈밖이라는 / 꿈을 꿈속에서 꿀 수 있다면 / 꿈밖으로 날아서 나올' 수 있을 거라는 꿈을 여유 있게 끌어당긴다.

지난 젊은 시절을 되돌아보면서는 그 시절엔 '방황이 꿈'(「굴러간 시간」)이었고, '굴러가는 시간을 물들이며 돌들이 서로의 살갗을 애처롭게 비비고 어쩌다 불꽃이라도 일어 온 산천을 불태우듯 나도 한 남자의 살갗을 슬프게 비벼대며 쏟아버리지 않으면 썩어질 물처럼 젊은 날을 버리고 흘리고 태웠다'(같은 시)고 술회한다.

시인은 이같이 스스로 '상한 새'에 비유하는 아픔을 거느리면서도 다른 한편으로는 생명력을 뜨겁게 불지펴왔으며, 그런 열정으로 살아왔다고 되돌아보면서 지금은 그 세월을 건너와 '긴 겨울밤의 문 앞에 앉아 기다'(같은 시)리고 있다고도 토로한다.

더구나 그 정황은 '백기 내걸고 길게 누운 링거병에 / 언제 내 숨결이 건너가 / 기지개켜며 물방울로 일어서려는지'(「접목」) 알 수 없는 와병중이며, 그렇지 않더라도 다음과 같은 실존적 불안에서 자유롭지 못하다는 사실도 감추지 않는다.

그렇다. 우리가 숨 쉬고 있는 이 세상은 욕망으로 가득 찬 사람들이 우글거리는 대합실에 다름 아니다. 이 같은 상황에서는 '사지에 쥐가 내'리고 '꿈을 피해 숨은 잠 속에서 탈출하지 못하고 고함지'(「대합실」)를 수밖에 없을 것이다. '매달려도 툭툭 부러진 가지처럼 떨어지는 두 팔'(같은 시)과 '도망쳐도 꼼짝도 하지 않는 두 다리'(같은 시), '악을 써도 소리 안 나는 목구멍'(같은 시)이라는 절규 역시 안 나오기 어렵다. 그래서 이 시의 화자는 불 꺼진 대합실에서 '잠을 피해 꿈속으로 도망가는 길'(같은 시) 위에 나서고 있는지도 모른다.

게다가 기름방울처럼 둥둥 떠다니는 '혼자만의 부유(浮游)가 결코 자유가 아님을 알아차린다 해도 이미 물속의 물은 될 수 없다'(「값을 매기는 꿈은」)는 절망감, 그럼에도 불구하고 '부유를 끝내고 바닥에 가라앉은 기름방울에 어른거리는 무지개나 마리 앙뜨와네뜨의 세상 모르는 과자가 바스라지는 꿈이라도 값으로 매겨야 한다'(같은 시)는 절박감을 넘어서지 못한다.

그러나 궁극적으로는 산사의 금강문(金剛門) 앞에서 떡

을 사 먹은 뒤 '참으로 오랜 꿈에서 깨어난 듯 배는 부르고 아무것도 아쉬운 것이 없었다'(같은 시)는 깨달음에 이르고 있는 점은 간과할 수 없게 한다.

시인은 또한 자신이 나무였다면 '산의 겨드랑이 같은 곳에 겨우 한 목숨 뿌리내리고 서서 골짜기로 내려오는 세찬 바람에 귀싸대기나 두들겨 맞고, 입었던 옷 다 빼앗기고, 벌거벗고, 아랫도리 맨살 실핏줄 흠뻑 터지게 서 있어도, 나무가 뭣인가 생각도 못할 텐데'(「나무를 안다고?」)라는 가정을 하다가도 굴참나무 아래 사는 다람쥐가 되고 싶다는 생각에 젖게 되는 것도 결코 예사롭지 않다.

내가 사람인데, 바람 불면
단세포 원생동물인가 싶다가
어느 날은 양서류인가 싶다가, 강하게 바람 불면 가끔 정말,
가끔 애완동물이라도 되었으면 싶다가.
아! 오늘에야 겨우 꿀밤나무 밑에 사는, 꿀밤 한 알에 배부른 한 마리 다람쥐이고 싶어지네.

—「나무를 안다고?」 부분

시인의 이 마음자리에는 삶에 대한 외경심과 자기성찰

을 담보로 한 관조, '꿀밤(도토리) 한 알에 배부른' 극도의
자기 낮추기의 미덕이 자리매김하고 있음을 말해주기도 한
다. 그렇다면, 시인이 궁극적으로는 향일성 메시지를 끌어
안더라도 비감과 절망감에서 자유롭지 못한 까닭은 어디에
있는 걸까.

'아무리 뾰족해도 제 가시에 찔린 일 없는 흰 꽃들이 /
날마다 제 속살에 찔려 선연한 피 쏟으며 추는 붉은 춤 / 그
아슬아슬한 속삭임'(「환상 그리고 꽃」)을 듣고 들여다보는
'내부를 향한 눈'(내면의식)과 언젠가는 '먼지처럼 풀풀
떠나갈 수 있는 몸 하나 가졌네. / 그 몸 내 것이라네'(「여
러 가지로 버리기」)라는 덧없음에의 인식, 허무와 무상감
에 그 뿌리가 있는 게 아닐까. 더구나 그 뿌리는 시인 자신
뿐 아니라 우리의 것이기도 하다.

부욱 부욱, 가슴속까지 서늘하다.
제 마음대로 자리한 괴상한 마음들이 좍좍 찢겨진다. 저 소
리
누런 광목 천 찢어대며 내는 소리다. 아픔도 없이 기억의
회로에서 튀어나온,
누런, 누런 숭늉 빛 같은 광목 천 소리, 내가 아프다.

온통 광목천으로 휘감긴 질빵 위 상여를 메고 떠나는 흰옷 입은 남정네들. 바람에 너풀대는 꽃상여의 빨갛고, 노랗고, 하얀 꽃들. 사람이 묻히러 가는 게 아니고 꽃이 묻히러 가는 줄 알았던. 그렇게 사람 하나 보내고 난 마을, 장정들의 집집마다 빨랫줄에선 하얗게, 하얗게 잊혀져 가는 광목천이 눈부시게 펄럭이고 옥양목보다 더 하얗게 바랜 새 광목옷을 입은 남정 네들은 다시 밭 갈고 논 갈고, 자식농사까지 잘도 지었지. 죽음을 건네고 온 광목옷보다 더 질기게, 질기게.

질긴 것들은 찢어지며 치유의 부싯돌에 탁탁 불꽃을 튕긴다.
활활 보이지 않는 마음이 타 들어간다.
마지막 지글지글 뜨겁던 한낮 강변 자갈밭에 흰 머리카락 길게도 드러눕던 광목천. 그 한 폭으로 펄럭이는 것 보인다.
오늘, 저 긴 한 소리 듣고, 사라졌던 것 다 깃발이 되어 희게 붉게 펄럭이는 것 본다.

—「흰 광목을 생각하며」 전문

우리 정서의 뿌리는 한(정한)과 체념이라 할 수 있다. 그 서럽게 질기고 질긴 정서는 우리의 정신을 연면히 물들여 왔는지도 모른다. 「흰 광목을 생각하며」는 우리의 전통적인 정서와 닿아있다는 점에서 각별히 깊이 들여다보게 한다.

시인은 '아픔도 없이 기억의 회로에서 튀어나온, / 누런, 누런 숭늉 빛 같은 광목 천 소리, 내가 아프다'고 절규한다. 광목천 찢어지는 소리에 아픔을 느끼는 건 상여의 질빵, 상여꾼들의 옷, 빨랫줄에 걸려 펄럭이는 빨래들, 논밭을 가는 남정네들과 자식농사를 짓는 사람들의 옷이 모두 '죽음을 건네고 온 광목옷보다 더 질기게, 질기게' 보이는 한과 체념의 모습으로 비치기 때문이지 않을까.

시인은 그런 문맥 위에서 그 한과 체념의 정서를 '저 긴한 소리 듣고, 사라졌던 것 다 깃발이 되어 희게 붉게 펄럭이는 것'으로 바라보며, 자신의 삶을 중심으로 그 허무나 무상감, 비애와 절망감을 전통적인 정서에 기대어 노래하고 있다.

* * *

제2부의 시편들은 대개 '길 위의 사랑'에 주어지고 있다. 시인은 '발자국 하나도 찍지 못하고 / 떠도는 바람으로 낮게 낮게 흐느끼'(「해 지는 길」)는 세월을 보냈다며, 타인 역시 '모두 자기 길이 아닌 길을 걸어가'(같은 시)고 있다고 보면서도 끊임없이 길을 나선다.

'새 길을 내지 마라'(「길이 끝나는 곳에」)고 목소리를 높이면서도 '길이 내는 길 위'에서 '젊음처럼 풀풀 떠다니는 꽃씨들, / 날개 접을 줄 모르는 새떼들, / 반만큼의 가지라도 내려놓고 쉬고 싶은 나무들'(「길이 내는 길 위에서」)을 만난다. '가도 가도 바뀌지 않는 먼 사막에 마음을 다 주어버리고'(「길」) 길을 가며,

> 그는 사슴을 보았지만
> 나는 살아 움직이는 것은 만나지 못했어
> 여행이 끝날 때쯤 그는 사막을 보고
> 나는 사슴을 볼 수 있을는지.
>
> ─「길」 부분

라는 자괴감에 빠질 때도 있다. 그럼에도, 끊임없는 길나서기는 사랑을 찾아가는 도정에 다름 아닌 것으로 비친다. 비록 서로 다른 길이나 길 아닌 길로 왔더라도 사랑을 더듬어가는 길은 꿈길이며, 사랑은 변함없이 아름답고 숭고한 것이기 때문일 게다.

> 넌 저쪽으로 가고, 난 이쪽으로 왔어
> 길로도 가고, 길 아닌 길로도 가고

한참 왔어

그렇게 멀리 걸어가면 서로에게
애달픔 없어질 거라 믿으며
뒤도 안 돌아보고

끝내 저기 한 점 꽃잎처럼
날아오르는 너. 나도 네게 한 점 꽃잎이니?

—「꿈길」전문

맺지 못한 사랑은 지우려 해도 지워지지 않는다. 마침내 '꽃잎처럼 날아오르'고, '나도 네게' 그렇게 비치기를 바라는 마음까지 애달프게 돋우어낸다. 나아가 그 사랑하는 마음은 '나'를 '말 못하고 바라만 보는 꽃 / 날마다 저 혼자 흔들리는 꽃'(「꽃그림자 길」)이게 하고, 예찬을 하면 '순식간에 자취도 없이 사라질까 두려워'(「그 길 끝에는」) 끝까지 숨죽여 바라보게 만든다. 사랑은 아릿한 봄꿈과 봄꽃 같이 어지럽고 가슴 메게 하더라도 그 때문에 더욱 절실해지는 빛깔을 띠게 되는지도 모를 일이다.

사는 거 봄꿈 꾸듯

어지럽다

사는 거 봄꽃 휘날리듯

가슴 멘다

그래도 너랑 같이

봄꿈 꾸듯 살고 싶다

너랑 같이 봄꽃 휘날리듯

가슴 미어지고 싶다

—「길 또 길」

　이어 선보이는 제3부의 작품들은 '꿈'을 근간으로 내면
세계를 정갈하고 나직하게 펼쳐 보인다. 시 「꿈」은 상승 이
미지와 하강 이미지를 떠올리면서, 겁 없이 올라가거나 '놓
아야 할 끈'들을 잡고 있기보다는 낮게 내려앉고 '풀냄새
살풋 나고 / 바람 한 줄기 고요한 곳이면 마다 않고 / 가만
히 내려앉아 눈감고 싶'다는 '겸허의 미학'을 떠받든다.

　그 이면에는 웃음의 의미를 일깨워주는 '때죽나무 한 그
루 가지고 싶'(「오랜 꿈」)은 꿈이 있고, '꽃 같은 너'와 '꽃
잎 같은 사랑'과 '그리움'(「그날」), '눈부신 날개'와 '보이
지 않는 꿈의 끝자락 / 그 한 끝을 움켜잡은 손'(「묻고 또
묻다」)도 자리 잡고 있다. 버려야 할 것을 아까워해 무거워

진 짐과 내려놓지 못한 짐으로서의 사랑(「짐」), '잠 못 자고 아파할 것이 있어 / 나의 밤은 참 다행도 하다'(「밤」)는 역설이 들어있으며,

> 그냥 젖어 있지.
> 지렁이들 또 길 위로 간다.
> 흙 속에서도 온전히 흙이 되지 못해
> 밟히고 짓이겨지고.
> 지렁이들 끝내 흙이 되는 동안
> 여름 볕은 활활 타오르는
> 거룩한 의식, 소신 공양.
>
> ─「비가 개다」 전문

이라는 깨달음과 '길고 허황하고 간데없는 봄꿈 끝에 피는 꽃. / 그 씨알 하나'(「그 씨알 하나는」)를 조용히 갈망하는 꿈이 자리매김한다. '새털 나는 소리도 들릴 듯한 / 적막'과 '눈 깜박이는 소리도 들리는 / 아득한 그 속삭임'(「고요의 끝」)도 있으며, 떨어지는 낙엽이 이맛전 때리면 인연을 풀고 흐른다고 보는(「휘청」) 사유의 편린들이 낮지만 깊게 자리 잡고 있다.

* * * *

　제4부의 작품들은 대체로 여성으로서의 사랑에 대한 감
정들을 촘촘하게 그리며, 이루지 못한 아쉬움이 주조를 이
루고 있다. 시인은 「흔적」에서 '아픔 = 아름다움 = 진주' 라
는 등식을 만들어 무덤까지 가져가야 할 그 진주의 소중함
을 일깨운다.

　「흔적 지우기, 덧칠하기」에선 '이별 없이 사랑을 / 어찌
가슴에 품을 수 있으랴' 라는 잠언조의 사랑론을 편다. 하지
만, 눈을 '감아도 보이는 너를 사랑했던 기억만으로 / 모래
톱 너머 모래의 목마름으로 살 수 있을는지' (「시간의 틈에
끼인 시간을 꺼내고 싶어」)라는 회의에서 완전히 벗어나지
는 못하며,

　　　살아 있는 것 모두 눈뜨는 봄이 와도
　　　눈감고 돌아누운 당신 마음 곁자리,
　　　노란 꽃 한 송이 피어나거든
　　　떠돌던 마음도 머무를 자리에선
　　　그리도 고울 수 있다고 한 번만이라도
　　　바라보아 줘. 더는 전해질 데 없는
　　　그리움 그리 머물게.

　　　　　　　　　　　─「바람도 어디엔가 전해지고 싶다」 부분

꽃이 꽃을 버리는 나무 아래 잠시 쉬다.
너와는 상관없이 산 세월이 더 오랜데도

너
의
발
자
국
을
헤는 눈길,

버리지 못한 나를 이끌고 꽃나무 그늘을 떠나다.

　　　　　　　　　　　　　　　ー「남쪽에 꽃잎 진 날」 전문

라는, 지극히 감성적인 여성의 자리로 돌아오는 모습을 보
인다. '바람이 불거든 창이 난 쪽으로 나와 보세요'(「바람
부는 날」)라는 간절한 기다림, '복사꽃도 다 지고 없는데 /
꽃 보러 오라고 널 부르면 와 줄까'(「말하기 말 못하기」)라
며 꽃다운 시절이 지나갔음을 안타까워하는 마음을 드러낸
다. 「그대는 꽃」에서는 꽃인 그대의 무심을 노래하고 있다.

하지만 '꽃잎으로도 가 닿을 수 없는 / 그대 마음 안으로 무엇을 / 띄워 보내야 하나'(「꽃보다 고운 몸」)라는 미련은 애달프게 아름다운 까닭은 '왜' 일까.

* * * * *

시인은 눈을 들어 세상 돌아가는 모습을 들여다보며 무기력한 자신을 향한 자괴감에 빠지기도 하지만, 연민과 휴머니티가 두드러지는 가슴을 열어 보이기도 한다. 제5부의 작품들은 주변 사람들이나 사물들을 그 한가운데 두는 시편들도 적지 않다. 대사회적인 관심을 적극적으로 표출하는 경우도 있다. 아무튼 시인은 한없이 마음을 낮춘다.

> 괭이밥처럼 자그만 꽃 피우며
> 없는 듯 가늘가늘 살 수 없는 건 왜일까요.
> 마음 담을 그릇이 아직 덜 생겨서 그럴까요.
> 그만 못한 풀 하나.
>
> —「그만 못한 풀 하나」부분

작은 풀을 보면서 자신은 그 풀보다 마음을 담을 그릇이 덜 생겨 '그만 못한 풀 하나' 라고 보고 있지 않은가. 더구나 '하늘 아래 일어나는 일. 그냥 옆에서 손 놓고 보고만 있을

수밖에 없는. 그래서 나는 날려 다니는 먼지만도 못한 먼지'(「구경꾼」)라고 자기를 극도로 비하하기도 한다. 그러나 때로는 '날마다 근질근질 새로 돋아나는 송곳니로 꽉 깨물어 산산조각 내고 싶었다. 세상의 헛손질'(「헛손질」)이라는 적극성을 보이고 있음은 흥미롭다.

「동해안 부근」에서 시인은 바닷가 어느 마을의 오래된 교회당과 마주쳐 '온 마을 죄 다 뒤집어쓰고 늙어온' 것으로 바라보며, 개 짖는 소리를 '사람들이 못한 이야기가 너무 많아' 그렇다고 본다. '저마다 마음 치수에 세상을 맞추느라 / 있는 힘 다 써버리고 / 등줄기에 비 오듯 쏟아지는 땀'(「일곱 식구의 밤」)에 마음을 끼얹기도 한다.

자신이 사는 집으로 가는 골목길의 '몽산집'이라는 밥집에 대해서는 거부반응을 일으키며

> 뽀얀 간판이 내 창자를 쥐고 흔든다.
> 내 꿈을 껴안아 흔들어댄다.
> 대가리 잘린 내 똥줄이
> '꿈, 꿈,' 외치며 몸을 비튼다.
>
> ─「몽산(夢産)집」부분

고 외치고, 그 집을 지나면 '사람들이 사는 집, 우리 집이

있다'고 강조한다. 사람 사는 집이 꿈을 낳는 집이지 밥을 먹는 집이 꿈을 낳는 집이라 할 수 없다는 논리다. 세상에는 어림도 없는 일들이 비일비재라는 하나의 역설에 다름 아닐 것이다.

하지만 사람을 향해 열리는 마음은 어떠한가. 「딸들의 꽃」에서도 그렇지만, 꽃무늬 블라우스를 입은 할머니를 보고 그 블라우스가 꽃밭이라며 '할머니 언제 이만큼 활짝 꽃 핀 적 있었을까, / 밭이랑 골 진 얼굴에 핀 검버섯마저 눈부시다. 고맙다'(「꽃무늬」)라는 마음(휴머니티)은 따스하고 아름답다.

그렇다고 사람들에 대한 시선이 곱지만은 않다. 「남」이라는 시에서는 모과나무와 사과나무가 꽃을 바꾸어 피우는 일이 없고, 바다와 하늘이 해와 달을 바꾸어 낳지 못하듯이 사람들도 '한 솥밥 수십 년 같이 먹고 나면 / 그도 나고 나도 그가 되어 진다고' 쉽게 믿어버리는데 그렇게 되지 않는다고도 경고한다. 「숨을 곳」에서는 인간의 몸과 마음은 죄요 벌이요 환희이며, '네 사랑' 역시 그러하다는 숙명론을 편다.

그럼에도 불구하고 정재숙은 오늘도 그 숙명과 운명을 헤치며 간다. 그의 시는 그 도정의 신음소리이자 아름다운 노래들이다. 끝으로, 사족 없이 이 시인의 지금 마음자리를 잘 말해주고 있는 듯한 시 한 편을 거듭 읽어본다.

해 진 들녘에서 연을 날린다.
흔들리는 연줄을 잡고 흔들리고 있다.
아직도 팽팽히 힘을 싣고
나를 이리저리 잡아당기는 저 연은
이젠 눈에 잡히지도 않는다.
어둠도 연이 되어 하늘에 연줄을 드리우고
잡아당기고 있는가.

우리 모두 자기가 뿌린 슬픔에 젖어
울고 있는 동안
마주 본 거리의 무게만큼 바람을 일으키며
우리에게서 흔적 없이 멀어지고자 애쓰는
연은
세월의 질긴 덫에 걸린
또 한 세월의 얼굴인 것 같다.

　　　　　　　　　　　　　　　　　—「연」 전문

몽산집

글쓴이 / 정재숙
펴낸이 / 孫貞順
펴낸곳 / 모아드림

1판 1쇄 / 2008년 2월 18일

서울 서대문구 북아현3동 1-1278
전화 / 365-8111~2
팩시밀리 / 365-8110
E-mail / morebook@morebook.co.kr
http://www.morebook.co.kr
등록번호 / 제2-2264호(1996.10.24)

값 6,000원